Pour Ado

Roosevelt disait que " le
futur appartient à ceux
qui croient en la beauté
de leurs rêves ". Alors
ne cesse jamais d'y
croire !

♥

LES ÉDITIONS Z'AILÉES
22, rue Ste-Anne C.P. 6033
Ville-Marie (Québec) J9V 2E9
Téléphone : 819-622-1313
Télécopieur : 819-622-1333
www.zailees.com

DIFFUSION ET DISTRIBUTION : MESSAGERIES ADP
2315, rue de la Province
Longueuil (Québec) J4G 1G4
Téléphone : 450-640-1237
Télécopieur : 450-674-6237
www.messageries-adp.com
*filiale du Groupe Sogides inc.,
 filiale du Groupe Livre Québecor Média inc.

Infographie : Impression Design Grafik
Illustration de la couverture : Marie-Lee Lacombe
Maquette de la page couverture : Impression Design Grafik
Texte : Marie-Pier Meunier

Impression : mars 2014
Dépôt légal : 2014
Bibliothèque nationale du Québec
Bibliothèque et Archives Canada

ISBN : 978-2-923910-69-7

Imprimé au Canada sur papier recyclé. ♻

Les Éditions Z'ailées remercient la SODEC pour l'aide accordée à
leur programme de publication et reconnaissent l'aide financière du
gouvernement du Canada par l'entremise du Fonds du livre du Canada
(FLC) pour leurs activités d'édition.
Gouvernement du Québec — Programme de crédit d'impôt pour
l'édition de livres — Gestion SODEC

SODEC
Québec ■■

Faërie

La passerelle

TOME 1

Marie-Pier Meunier

ÉDITIONS AILÉES

« Rien n'existe qui n'ait au
préalable été rêvé. »

Ismaël Mérindol

À mes élèves; à ceux à qui j'ai enseigné et ceux à qui j'aurai la chance d'enseigner. Vous êtes ma plus grande source d'inspiration. N'oubliez pas de toujours croire en vos rêves.

CHAPITRE 1

LE PORTRAIT

Assise sur un banc au fond de la cour d'école, Zanya esquisse un portrait. Ses traits de crayon font peu à peu apparaître un visage, celui du garçon qui se trouve à quelques pas d'elle. Tommy ne se doute de rien. Il continue de projeter son ballon de football dans les airs. Même si le mois de mars vient tout juste de s'installer, un vent doux et chaud souffle. Quelques mèches rebelles des cheveux noirs de Tommy tombent devant ses yeux bleus. Obnubilée par le charme de son ami, Zanya en oublie presque son dessin. Elle le fixe jusqu'à ce que Tommy s'en aperçoive. Il s'approche en courant et lance :

— Hé, Zanya ! Je ne t'avais pas vue. Ça va ? Pis, ta semaine de relâche ?

Zanya fait valser les pages de son

cahier et balbutie :

— Euh... bien, très bien. Je... J'ai passé... du temps avec ma famille. On est allés...

Tommy l'interrompt.

— Ce sont tes dessins? Tu dessines, toi?

— Non. Euh... oui, mais je ne suis pas une pro. C'est juste des croquis...

La voix de son amie Samuelle la tire de cette situation délicate :

— Salut, vous deux! J'espère que mon cousin ne t'achale pas trop, Zan?

— On parlait, c'est tout, Sam, répond Tommy. À part de ça, ce n'est même pas vrai que je suis achalant. Je suis déjà le chouchou des profs !

Tommy est déménagé à Saint-Hubert la semaine précédant les vacances de la relâche et est entré à l'école Des-Primevères le lundi suivant. Madame Sarah, l'enseignante de sixième année, l'a accueilli dans sa classe. Grâce à ses nombreuses qualités, son intégration a été rapide. Tommy est grand, sportif, calé en informatique et surtout... vraiment craquant avec ses cheveux en broussaille et son teint basané. D'autant plus qu'il arrive de Montréal. Dès que Zanya l'a aperçu, son cœur s'est emballé. Elle n'a rien dit à Samuelle à ce sujet.

— Tsss... c'est parce que tu es téteux que les profs t'aiment ! renchérit Samuelle.

— Pis toi ? lance Tommy. Tu devrais prendre exemple sur Zanya et te calmer, des fois !

Le pouls de Zanya s'accélère. C'est vrai, elle est assez timide. Par chance, le caractère extraverti de Samuelle compense son manque d'aisance. Sam dit haut et fort tout ce qu'elle pense et a le don de se mettre les pieds dans les plats. Les deux filles se connaissent depuis la maternelle et ne se quittent pas d'une semelle. On les surnomme « les inséparables » à cause de leur style similaire : cheveux longs ondulés, jean en denim, tee-shirt à motifs et veste à capuchon. La seule exception, c'est que Zanya est blonde et Samuelle, brune.

— Franchement ! s'écrie Samuelle. C'est quoi le rapport ? Je peux être sage comme une image quand je veux!

Tommy et Zanya pouffent de rire et échangent un regard complice. Les joues de la jeune fille rougissent.

— C'est ça, riez de moi! lance Samuelle, faussement offusquée.

— Trouve-toi un passe-temps, réplique Tommy, ça va t'aider. Tu vois, Zanya dessine, elle.

Zanya baisse les yeux. Son talent lui a valu le surnom de Gribouille auprès des élèves, ce qui est loin d'être amusant. Cependant, depuis deux semaines, sa cote de popularité a grimpé chaque fois que Tommy lui a adressé la parole. Les filles en sont même jalouses, dont Justine St-Amour; ce qui lui plaît bien.

— Ah ! Tu es ben fatigant, aujourd'hui ! peste Samuelle.

— Bon, OK. J'arrête de te taquiner, la cousine. Qu'est-ce que tu dessines, Zanya ? Montre-moi.

Zanya hésite avant d'ouvrir son cahier. Elle ne veut surtout pas que Tommy voie son autoportrait. Comment l'empêcher de feuilleter son calepin ? Elle joue frénétiquement avec la spirale en métal depuis quelques secondes, quand Samuelle prend la parole.

— Des elfes. Et aussi des fées, des nymphes, des gobelins et des personnages de ce genre.

— *Cool !* As-tu un dessin à me montrer ?

— Oui, oui… bien sûr.

Zanya tourne prudemment les pages de son cahier. Elle choisit un dessin qu'elle aime particulièrement. Une créature aux oreilles pointues, au nez rond et aux yeux noirs, coiffée d'un chapeau fait de feuilles, arbore un sourire en coin.

— Wow ! Tu es vraiment douée. Sérieusement, moi je trouve que tu es une pro. En as-tu d'autres ?

La cloche du matin résonne dans la cour d'école. Soulagée, Zanya ramasse son sac à dos et se dirige vers les rangs, accompagnée de ses amis. Leurs bottes s'enfoncent dans les flaques d'eau et de neige, ce qui fait râler Samuelle.

— Pourquoi tu t'intéresses aux elfes et aux fées ? demande Tommy.

— On te racontera ça plus tard, Tom, répond Samuelle. Allez, on se voit à la récré !

CHAPITRE 2
Tommy

La pluie verglaçante a empêché les élèves de sortir à l'extérieur lors des récréations. Zanya n'a pas revu Tommy. Ni après les classes. Il joue dans l'équipe de basketball et doit se rendre à sa séance d'entraînement. Déçue, mais impatiente de rentrer à la maison, elle marche d'un pas rapide sur le trottoir. Elle a une seule idée en tête : arracher la page de son cahier. Celle où se trouve le dessin inachevé du garçon pour qui son cœur chavire. Au loin, la voix de sa fidèle amie l'interpelle.

— ZANYA DUCHAINE ! Ça fait quinze mille fois que je crie ton nom ! Tu ne t'es pas retournée !

— Oh... Excuse-moi, Sam. Je ne t'ai pas entendue.

— *Oh boy!* Tu es tellement dans la lune ! Ce n'est pas grave, je t'aime comme ça. Pourquoi tu ne m'as pas attendue pour qu'on marche ensemble ?

— Euh... j'ai oublié. Désolée.

— Tu as vraiment une mémoire de poisson rouge !

Samuelle pince les lèvres et imite la bouche d'un poisson. Le coup de coude que lui donne Zanya la ressaisit. Elles éclatent de rire. Zanya aime bien l'humour de Sam et la façon dont elle exagère le moindre détail. En vérité, elle aurait préféré marcher seule aujourd'hui. Parler de Tommy ne l'intéresse guère en ce moment, mais le sujet semble inévitable.

— En passant, tu as l'air d'assez

bien t'entendre avec Tommy, non ? ajoute Samuelle.

— Euh... oui, oui.

Zanya se demande si son amie a lu dans ses pensées. Cela ne la surprendrait pas. Leur complicité est si forte qu'elle nuit parfois à leur attention en classe. Comme lorsque Joachim, le gars bizarre du groupe qui adore les films d'horreur et le heavy métal, avait résolu une multiplication à deux nombres au tableau. Fier de sa bonne réponse, il s'était rassis, peinard, et... la face pleine de craie ! Les yeux de Zanya avaient croisé ceux de Samuelle, ce qui avait déclenché des fous rires incontrôlables, suivis de petits « hiiii » aigus. Madame Stéphanie avait foudroyé du regard ses deux élèves avant d'indiquer subtilement à Joachim de s'essuyer le visage.

— Quoi? Pas plus que ça? s'étonne Samuelle.

— Ben... il est gentil, réplique Zanya. Et toutes les filles tripent sur lui!

— Ouais, je sais. C'est vrai qu'il est beau, hein? Avoue donc que toi aussi tu le trouves de ton goût!

Zanya sent son cœur battre la chamade. Elle rougit et penche la tête pour éviter d'être trahie par son teint.

— Nooon... Je veux dire, oui... euh... il est beau, mais c'est ton cousin, Sam.

— Pis?

— C'est spécial de parler de lui de même. Je pense qu'on pourrait devenir amis. Il avait l'air d'aimer mes dessins. Qu'est-ce que tu en penses ?

— *Oh boy !* Il faut encore que je te répète que tu es super bonne ? !

— Non, non. C'est juste que tout le monde m'appelle Gribouille, alors j'ai de la misère à croire qu'un gars aussi populaire que Tommy trouve que j'ai du talent.

— Ah, laisse faire les autres ! Tommy, il n'est pas pareil. On devrait s'organiser une activité ensemble, tous les trois. Tu pourrais mieux le connaître.

Zanya sourit, les yeux toujours rivés sur le trottoir. L'idée de voir Tommy ailleurs qu'à l'école est loin de lui déplaire.

— Hum, hum... répond-elle timidement.

— *Cool!* Je te jure, on peut parler
de tout avec lui! Même des créatures du
monde de Faërie.

Le visage de Zanya se durcit. Elle
avale sa salive avec difficulté.

— On pourrait se voir demain, après
l'école, continue Samuelle.

— Euh...

— Génial! Je lui en parle demain
matin, s'exclame Samuelle en s'éloignant
vers sa maison.

— Sam, je...

Samuelle fait comme si elle ne
l'entendait pas. Une habitude dérangeante

qu'elle a développée avec ses parents, mais qui fait suer Zanya.

— Bye ! Salue ta famille de ma part !

Zanya ouvre machinalement la porte de sa demeure, absorbée par ses pensées. Raconter à Tommy ce qui s'est passé l'été dernier ne l'enchante pas. C'est la première fois qu'un garçon semble s'intéresser sincèrement à elle. Et si la révélation de ce secret venait tout gâcher ? Il pourrait croire qu'elle est folle à lier. Elle enlève lentement son manteau et ses bottes dans le vestibule. Alors qu'elle avance vers le salon, une sensation désagréable sur son bras la tire de ses réflexions.

— Zaza ! Veux zouer à poupée avec moi ? Hein ?

Juchée sur le sofa, sa petite sœur lui tend sa poupée dégoulinante de bave. Les deux lulus rousses, les yeux moqueurs et le nez retroussé de Lily lui donnent un air à la fois taquin et angélique, auquel elle ne peut résister. Zanya prend Lily dans ses bras et la couvre de baisers sonores, ce qui fait rire aux éclats la fillette.

— Oui, bien sûr que je vais jouer avec toi! Mais avant, on va aider maman à faire le souper, OK?

CHAPITRE 3

L'étrange rêve

Les derniers rayons du soleil frôlent le visage de Zanya. Elle ouvre péniblement les yeux et porte les mains à sa tête. De violents coups lui martèlent les tempes. Autour d'elle, l'herbe est froide et trempée. Depuis combien de temps est-elle étendue ainsi ? Comment s'est-elle rendue jusqu'à cet endroit ? Elle se redresse et pose son regard sur l'horizon. La clairière qui l'entoure est immense. Un seul arbre y trône : un grand chêne aux branches noueuses et tordues. Les criquets chantent alors que le crépuscule laisse doucement place à la nuit. Confuse, Zanya observe la scène avec détachement, comme si ce n'était pas réel. Au loin, elle aperçoit des lueurs bleues qui virevoltent. Guidée par une force extérieure, elle s'approche d'elles. Ses pieds ne touchent plus le sol. Au passage, elle effleure la végétation. Des milliers de fleurs violettes l'encerclent. Ses narines s'emplissent du parfum délicat et sucré qui s'en dégage. En cadence, leurs clochettes se mettent à tinter. Zanya se retourne vers les lumières bleutées et danse à leur rythme. Une voix suave et profonde résonne dans son esprit : « Viens nous rejoindre, Zanya. Tu connais le chemin. »

BIP ! BIP ! BIP ! BIP !

Sept heures du matin. Zanya sursaute quand l'alarme retentit dans la pièce. Des gouttes de sueur perlent sur son front. Haletante, elle réalise qu'elle est bel et bien dans sa chambre. Le bruit infernal de son réveille-matin cesse enfin lorsqu'elle appuie sur une des touches. Depuis la fin de l'été, son rêve se répète et se poursuit d'une nuit à l'autre. Elle a réentendu cette voix troublante. La même qu'en juillet dernier, dans son jardin. Elle n'en a parlé à personne. Devrait-elle tout raconter à sa meilleure amie?

La ville de Saint-Hubert a retrouvé ses allures hivernales. Les fenêtres des maisons et des voitures sont complètement givrées et une fine couche de neige recouvre la chaussée. Pendant le trajet menant à l'école, Zanya et Samuelle s'appuient l'une contre l'autre. Elles tentent de garder l'équilibre lorsqu'elles marchent sur des plaques de glace noire. Silencieuse, Zanya hésite à se confier. Samuelle, comme d'habitude, placote pour deux. Ses parents l'exaspèrent. Selon ses dires, ils sont d'une platitude inégalable et elle s'en plaint souvent.

Elle a remarqué qu'ils ne sont pas comme ceux de ses amis. Ils ne se parlent pratiquement pas, ne font aucune activité de couple, mangent à des heures différentes et travaillent sur leurs projets distincts tous les soirs.

— Si au moins on faisait des sorties ensemble, tous les trois ! maugrée Samuelle. Ou bien, si on regardait un film chez nous, en mangeant du pop-corn. Ce n'est pas si compliqué que ça, non ?

Zanya écoute sa camarade d'une oreille distraite. Comme si elle n'attendait pas de réponse, Samuelle poursuit.

— Au fond, ils ne s'aiment plus. Ils restent ensemble juste à cause de moi, pour ne pas me faire de peine. Je pense que ce serait mieux s'ils se séparaient. Au moins, ils n'auraient plus à faire semblant et ils pourraient s'occuper de moi chacun de leur bord. Me trouves-tu égoïste?

— Oui... c'est sûr.

— QUOI?! POUR VRAI?!

Zanya écarquille les yeux.

— Non! Je veux dire... je ne sais pas. Excuse-moi, Sam. Je ne sais plus trop où tu en étais rendue, j'ai...

— ... la tête dans les nuages, comme d'habitude! Ça ne fait rien, je chiale souvent à cause de mes parents, tu dois être tannée.

— Non, non. Je pense que tu devrais

leur dire comment tu te sens. Tu as raison de t'inquiéter. C'est moi qui suis dans la lune parce que... ben... rien.

— Parce que...? Je te connais trop bien. Qu'est-ce qu'il y a?

Zanya soupire en se mordant la lèvre inférieure.

— C'est encore mon rêve.

— Ton rêve avec les fleurs et les lumières? Encore?

Elle toussote.

— Ben... oui, mais là, c'était... différent.

— Comment ça? Raconte!

Zanya se tait et s'immobilise. Au fond

de la cour d'école, appuyé contre une colonne du préau, Tommy est entouré d'un harem de filles. Son cœur se serre et, sans le vouloir, l'adolescente fronce les sourcils. Voyant l'expression sur le visage de son amie, Samuelle détourne le regard en direction de son cousin.

— *Oh my god!* Il commence à être pas mal trop populaire à mon goût, lui. Il ne faudrait pas qu'il s'enfle la tête. Viens, on va l'inviter à venir chez toi après l'école.

— Hein, quoi? Chez moi?

— Ben oui.

— Devant toutes les filles, dont Justine? Jamais de la vie!

— Oh, franchement, Zanya! Ça va

37

être trop drôle de voir la face de tout le monde quand il va répondre « oui ». Suis-moi !

Samuelle empoigne la manche du manteau de son amie et traîne celle-ci de force. Sentant l'angoisse la gagner, Zanya pousse des « Non, je ne veux pas ! » et des « Lâche-moi ! » Mais quand Samuelle a un plan en tête, impossible de l'en dissuader. Tommy et les autres vont la ridiculiser ! Le garçon se montrera sûrement moins aimable qu'à l'habitude, histoire de rester populaire. Alors qu'elle tire sur le bras de Sam, ses yeux croisent ceux de Tommy. Il lui renvoie un sourire franc.

— Hé, salut, les inséparables ! Ça va ?

Au moment où Zanya ouvre la bouche pour lui répondre, son pied glisse. Elle fait le grand écart et tombe sur le dos. Les filles éclatent de rire. Humiliée, elle a envie de disparaître. Ses yeux se remplissent de larmes. Samuelle l'aide à se relever, ainsi que Tommy. Zanya fixe le sol. Ses lèvres tremblent. Justine St-Amour, la leader de la troupe, s'avance.

— Wow! Tu es une vraie acrobate, Gribouille, se moque-t-elle.

Tout le monde applaudit en riant. Sauf Tommy, qui ne semble pas comprendre ce qui se passe.

— En fait, on voulait demander quelque chose à Tommy, hein, Zanya? annonce Samuelle.

L'adolescente demeure muette.

Samuelle lui lance des signaux, les yeux grands comme des vingt-cinq sous. Zanya lève la tête. Tommy la fixe, souriant. S'efforçant de ne pas regarder les autres, elle s'adresse à lui :

— C'est que... on se demandait si... ben... si ça te tentait de venir chez moi après l'école... avec Sam?

— C'est sûr! s'empresse de répondre le garçon. On s'attend ici après la cloche.

Samuelle, satisfaite, observe d'un air amusé le visage déconfit de Justine. Cette dernière n'a pas dit un seul mot depuis la réponse de Tommy, à laquelle elle ne s'attendait pas du tout. Sa bande et elle, abasourdies, dévisagent le garçon alors qu'il s'éloigne avec les deux acolytes.

Agréablement surprise par la gentillesse de Tommy, Zanya retrouve un peu de confiance. La journée ne s'annonce pas si mal.

CHAPITRE 4
LA CRAPAUDINE

« Maths chrono ». Zanya frissonne en voyant ces mots écrits au tableau. Sa gorge se noue. Elle n'a pas révisé ses tables de multiplication et de division. Lorsque madame Stéphanie lui tend la feuille de réponse, elle voit double.

— Ça va? lui demande son enseignante.

— Hum, hum...

— Penses-tu pouvoir battre ton dernier record? Tu avais réussi à faire l'examen en une minute et vingt secondes.

— Je... je ne sais pas...

— Fais de ton mieux. Bonne chance !

Sept minutes plus tard, les mains moites et tremblantes, Zanya remet son examen à madame Stéphanie, qui affiche un air interrogateur. La note qu'obtient l'élève est sous le seuil de passation.

— Qu'est-ce qui s'est passé, Zanya ?

Honteuse, celle-ci baisse les yeux et murmure :

— J'avais oublié qu'on avait un test aujourd'hui...

— Écoute, je ne peux pas dire que je suis fière de toi. Mais ça arrive à tout le monde d'oublier. Tu n'auras qu'à te reprendre, la prochaine fois.

La mâchoire serrée, Zanya se rassoit à son pupitre. Pour éviter de croiser le regard de Samuelle, elle tourne la tête. Ses ongles s'enfoncent dans le bois alors qu'elle maudit en silence le responsable de cet oubli : son rêve. Elle n'en a toujours pas parlé à sa complice. Peut-être se décidera-t-elle ce soir, après le départ de Tommy.

Zanya observe ses deux amis marcher devant elle. Comme le sel a fait fondre la couche de glace sur le trottoir, ils jouent à ne pas toucher aux espaces entre les dalles de béton. Occupée à distraire Tommy, Samuelle ne semble plus se souvenir de leur discussion matinale. Tant mieux. Lorsque ce dernier comprend que sa cousine tente de l'amadouer pour gagner, il la pousse vigoureusement d'une main. Elle trébuche et son pied atterrit directement sur la fente.

— Tricheur! Tu es un tricheur, Tommy Gallant! crie-t-elle.

— Quoi?! Et toi, Samuelle Gallant, tu es une manipulatrice! Tu penses que je ne me suis pas rendu compte que tu essayais de me changer les idées?

Zanya les regarde se tirailler avec amusement. Le soleil brille encore et la lumière qui pénètre dans les yeux de Tommy les rend bleu chatoyant. « Il est tellement beau », pense-t-elle. À la traverse piétonnière, Samuelle fait un croche-pied à son cousin qui passe près de tomber au sol. La brigadière, une femme rondelette aux traits durcis, réprimande les deux bagarreurs. Tommy prend soin de s'excuser auprès de la dame, qui lui pardonne aussitôt.

— Téteux! s'exclame Samuelle.

— Je suis obligée d'être d'accord, déclare Zanya.

— Bon, OK. Vous avez peut-être raison, répond Tommy, le sourire fendu jusqu'aux oreilles.

À leur arrivée à la maison, les trois amis sont accueillis par les cris de joie de Lily, qui jubile en voyant que sa grande sœur a invité des amis. Samuelle s'accroupit pour enlacer la petite. Elle la place ensuite à plat ventre et lui fait faire des tours d'avion en émettant des « vrrrrrrr! vrrrrrr! » très bruyants.

— Samuelle devient complètement gaga quand elle est avec ma sœur! explique Zanya.

— Tom, je te présente Lily-la-souris! dit Samuelle en approchant celle-ci du visage de Tommy.

— Cooouuu-cooouuu, Lily! fait Tommy sur un ton aussi enfantin que celui de Sam.

— Bon, est-ce qu'on va dans ma chambre? demande Zanya, embarrassée.

Dix minutes plus tard, les trois camarades sont vautrés sur le divan de la pièce. Une gigantesque assiette de crudités et de trempette est posée devant eux. Les yeux écarquillés, Tommy tourne les pages du fameux cahier à dessins de

Zanya, duquel elle a retiré le portrait.

— Wow! Malade! s'exclame-t-il.

Samuelle, la bouche pleine de légumes, signifie à Tommy qu'il n'a encore rien vu en levant l'index. Elle se lève pour aller chercher un grand carton caché derrière une commode. Zanya rougit. Les lèvres crispées, elle suit son amie du regard avec mécontentement. Pourquoi ne lui a-t-elle pas demandé la permission avant de dévoiler son œuvre? Samuelle lève les yeux au ciel, l'air de s'en ficher, et place le tableau devant Tommy. Sur l'affiche aux multiples couleurs, on voit toutes sortes de créatures et de personnages du royaume de Faërie : des elfes aux oreilles pointues, des fées sveltes, des nymphes sortant de l'eau, des femmes au corps de grenouille, etc.

Tommy ouvre la bouche, stupéfait, et laisse tomber son menton.

— Woah... c'est hallucinant! C'est vraiment toi qui as fait tout ça?

— Oui, dans mes temps libres, répond Zanya. Ça me détend de dessiner.

— C'est... Wow! Je n'en reviens pas. Tu es une artiste, Zanya Duchaine. Tu devrais choisir ton métier en fonction de ton talent.

— Merci, c'est gentil. Je pensais justement devenir illustratrice ou quelque chose du genre.

— Tu ne m'as toujours pas dit pourquoi tu t'intéressais à ces petites personnes.

— En fait, répond Samuelle, on les appelle les créatures du monde de Faërie.

Il fronce les sourcils.

— Faë... quoi?

— Faërie, précise Sam. C'est un univers parallèle où habitent tous les personnages mythiques. Les elfes, les fées, les lutins, les gnomes, les ondines, les dryades et j'en passe!

Tommy fait une moue et retient un petit rire.

— Euh... OK.

Zanya n'ose pas prendre la parole. Elle joue avec ses mains devenues moites. Voyant que son amie ne répond pas, Samuelle se fâche après son cousin.

— Aaah!!! Écoute-nous donc au lieu de nous niaiser, Tom. On ne l'a jamais dit à personne...

— Bon, OK. Excusez-moi. Et pourquoi c'est si important pour vous?

— Ça, c'est à Zanya de te le raconter, répond Samuelle.

Zanya hésite. Elle mord ses lèvres. Impatient de connaître son histoire, Tommy l'observe en souriant. La jeune fille ferme les yeux. L'atmosphère humide et chaude de l'été lui revient à l'esprit.

— Au mois de juillet dernier, j'étais en train de lire tranquillement dans mon hamac quand les fleurs de mon jardin se sont mises à bouger vraiment vite. Je pensais que c'était encore une marmotte qui déterrait nos plantes, alors je suis allée voir. J'entendais de drôles de petits cris. Quand j'ai écarté les tiges, un geai bleu s'est envolé. Sérieusement, on dirait qu'il me regardait droit dans les yeux.

Zanya se racle la gorge. L'oiseau ne l'a pas seulement regardée dans les yeux. Une voix a résonné dans son esprit, la même que celle de son rêve : « Sauve-moi, je t'en supplie ! »

— Qu'est-ce qui s'est passé, après ? demande Tommy, à la fois amusé et intrigué.

— Un gros chat noir lui a sauté dessus. Je lui ai crié de le lâcher, mais le chat s'est enfui sous le balcon, l'oiseau dans la gueule. J'ai pris un balai et je lui ai donné de grands coups en lui disant de le laisser tranquille. Ça a marché. J'ai ramassé l'oiseau et je l'ai flatté. Il avait vraiment peur, mais il a réussi à s'envoler. Je suis rentrée dans la maison pour me laver les mains, et j'ai vu que mes doigts brillaient. Comme s'il y avait de la poudre dessus. C'était spécial. Le lendemain matin, je me suis réveillée de bonne heure, parce que ça cognait à la fenêtre de ma chambre.

— Devine c'était quoi, Tommy ? interrompt Samuelle.

— Je ne sais vraiment pas...

— C'était un bourdon qui se frappait contre la vitre, répond Zanya. Il est parti dès qu'il m'a vue. J'allais retourner dans mon lit quand j'ai vu, sur le rebord extérieur de ma fenêtre, une roche grise enroulée dans une feuille d'arbre. J'ai ouvert la moustiquaire et je l'ai ramassée.

Zanya se lève et se penche au niveau de la base de son lit. Sa main fouille et heurte un objet, ce qui produit un bruit métallique. La jeune fille ouvre avec précaution une boîte de forme carrée. Dans celle-ci se trouve la pierre grise, gravée d'étranges symboles. Des ellipses et des lignes courbes argentées se rejoignent pour former ce qui ressemble à de petits papillons.

— Quand Zanya m'a raconté ça, j'ai cherché sur Internet, signale Samuelle. J'ai lu que la roche serait une crapaudine, qu'on peut trouver dans la tête du crapaud. Il paraît que c'est la pierre préférée des elfes, et qu'ils l'offrent en cadeau aux humains qui les ont aidés. Et ce n'est pas tout! J'ai aussi découvert que les créatures féeriques sont capables de changer leur apparence dans l'esprit des humains. Elles prennent souvent la forme d'oiseaux ou d'insectes. C'est juste trop de coïncidences!

Tommy se gratte le menton. Il plisse les yeux et résume :

— Vous voulez dire que Zanya a sauvé un geai bleu, qui en fait était un elfe. Pour la remercier, il lui a donné une roche spéciale, qui s'appelle la crapaudine... mais c'est un bourdon qui l'a apportée... Et le bourdon pourrait être une fée ou quelque chose du genre. C'est bien ça?

Un petit sourire apparaît sur ses lèvres alors qu'il lève le sourcil gauche. Zanya toussote timidement. Elle ne veut pas répondre. Malgré l'air hautain et dubitatif de son cousin, Samuelle s'exclame :

— Oui, c'est ça ! Tu as bien suivi, Tom !

Zanya lisse un pli imaginaire de son jean. Les yeux rivés sur ses pieds qui se tortillent, elle reprend :

— Depuis ce temps, on cherche des informations sur le royaume de Faërie et ses habitants. En plus, je fais souvent le même rêve depuis cet été. C'est presque la nuit, je suis dans une clairière et il y a un grand chêne au milieu. Je vois des lumières bleues qui dansent près de l'arbre. Autour de moi, il y a plein de fleurs violettes en forme de clochettes qui se mettent à sonner. Je ne sais pas ce que c'est.

— Qu'est-ce tu en penses, Tom? C'est bizarre, hein? Vas-tu nous aider à chercher?

Perplexe, Tommy ne dit rien et dévisage les deux jeunes filles. Zanya déglutit de travers. Ses mains tremblent. Lorsqu'elle ose poser son regard sur Tommy, ce dernier secoue la tête en riant. Ça y est, elle a tout gâché. Elle n'aurait jamais dû écouter sa copine et en parler à une autre personne, surtout pas à un garçon! À quoi a-t-elle pensé? Elle imagine déjà comment cela se passera le lendemain, à l'école, quand Tommy et les autres élèves se moqueront éperdument d'elle, la traitant de folle. Et Justine St-

Amour se fera un plaisir de lui rappeler qu'elle n'est pas à la hauteur d'un gars comme Tommy.

— C'est vraiment spécial votre histoire, les filles. Je ne sais pas...

Il se lève et attrape les sangles de son sac à dos. La respiration de Zanya devient saccadée. Elle dit d'un ton faible :

— Je sais... Nous aussi, on ne comprend pas trop. C'est tout ce qu'on a trouvé comme explication, mais... c'est difficile à croire.

— Je vais faire mes recherches de mon côté, déclare-t-il. Je me débrouille bien sur Internet. On verra ce qu'on peut trouver. Bon, je dois partir. Ma mère m'attend pour le souper.

Tommy passe la main dans ses cheveux et se dirige vers la porte. Ses yeux croisent ceux de Zanya avant de quitter la pièce. Le cœur de la jeune fille s'emballe. Il lui fait un clin d'œil et lance :

— À demain !

CHAPITRE 5

LE MYSTÈRE DES CAMPANULES

Le lendemain, Tommy arrive à l'école avec des informations concernant la mystérieuse fleur du rêve de Zanya. Bien que ce soit interdit par le règlement du code de vie, il a apporté son iPod. Il entraîne les deux filles dans un coin du parc-école, à l'abri des regards. Cet endroit lui permet de capter le réseau Internet sans fil de l'école. Après avoir retiré ses gants, il appuie sur le bouton de mise en marche. Ses doigts défilent sur l'écran. À la suite d'un rapide mouvement de son pouce et de son index, la fenêtre d'un site Web s'agrandit.

— Dis donc, c'est vrai que tu t'y connais en techno! lance Samuelle.

— Disons que c'est mon passe-temps préféré. Bon, regardez ce que j'ai trouvé. La fleur de ton rêve est sûrement une campanule, Zanya.

Il tourne l'appareil vers elle. La photo d'une fleur violette, identique en tous points à celle de son songe, s'affiche.

— Oui, c'est exactement ça! s'exclame Zanya.

— Cet autre site parle de leur légende. Il paraît qu'il peut être dangereux de se trouver dans un champ de campanules parce que c'est l'endroit où les enchantements des elfes et des fées ont lieu.

— Tu es trop fort, cousin! s'enthousiasme Samuelle.

— Ça dit aussi que lorsqu'on entend le son des campanules, c'est signe qu'une porte s'ouvre sur leur monde.

— C'est... Honnêtement, c'est in-croyable, Tommy... souffle Zanya.

— D'après ce que j'ai trouvé, Zan, tes rêves seraient comme des messages, explique Tommy. À moins que vous me jouiez un tour et que vous ayez tout inventé ou que vous saviez déjà tout ça !

— Non, je te jure, Tom, rétorque Samuelle. On ne te ferait jamais ça. Sérieusement, tu es un pro de la recherche !

— Merci ! Bon, on s'entend que c'est sur Internet, donc je ne peux pas dire que c'est fiable à cent pour cent... Mais, on ne sait jamais !

Les yeux de Zanya sont ronds et fixent le vide. Les pièces du puzzle prennent tranquillement leur place. Elle n'est pas cinglée, mais plutôt témoin de phénomènes étranges reliés à une autre dimension. « C'est impossible. Ça ne peut pas être vrai », pense-t-elle. Un vent glacial souffle sur les trois jeunes et les fait frissonner.

— Oh, oh... Tom ! lance Samuelle. Prof à l'horizon. Grouille-toi, range ton iPod !

Tommy a à peine le temps de dissimuler l'appareil. Madame Sarah aborde les jeunes.

— Bien le bonjour, vous trois !

— Bonjour, madame Sarah, répondent-ils à l'unisson.

— Tiens, tiens... On dirait qu'on

prépare un mauvais coup, je me trompe? Que faites-vous là? Ce n'est pas votre zone de jeu.

— Non, vous avez parfaitement raison, madame. Mais à cause de la glace, on ne peut pas vraiment pratiquer un sport. Et comme on veut respecter les règles et ne pas déranger les plus petits quand on marche et qu'on parle, on a choisi de venir ici, parce que personne ne joue à cet endroit. En fait, c'est moi qui en aie eu l'idée, mais je me rends compte que ce n'était pas une bonne idée parce qu'on est en dehors de notre zone.

— Bon... je pense que tu as bien compris, Tommy. Vous n'aurez pas de conséquence, mais je ne veux plus vous voir traîner ici, OK?

— Oui, madame Sarah.

Alors que l'enseignante s'éloigne pour aller régler un conflit, la cloche sonne. En se dirigeant vers les rangs, les trois complices poussent un soupir de soulagement. En pénétrant dans l'école, Tommy esquisse un petit sourire suivi d'un clin d'œil en direction des deux filles.

— Ça vous sort du pétrin, hein, un « téteux » de profs ?

Zanya esquisse un grand sourire. Tommy est tout simplement génial.

— Hé ho ! Tu es encore dans la lune, Zanya ! Le rang avance, dépêche-toi ! s'impatiente Samuelle en faisant claquer son majeur et son pouce à côté de l'oreille de son amie.

CRCRCR

Zanya retire le bout de papier du trou de la gomme à effacer. Elle le déplie et lit discrètement le message.

Il faudrait en savoir plus sur la crapaudine.

Zanya inscrit sa réponse au verso.

Oui. Selon Tommy, ça ouvre une sorte de porte sur le royaume de Faërie.

Les deux amies ont développé ce moyen de communication lors des cours d'anglais. En perçant un trou dans leur gomme à effacer et en y insérant des papiers roulés, elles peuvent se prêter cette dernière de pupitre en pupitre et s'échanger des messages.

Ça veut dire qu'elle est magique? Ce serait trop *cool*. :-P

Peut-être. Mais on n'en sait pas plus sur le chêne et les lumières bleues.

C'est vrai. Il faudrait continuer de chercher. Hé, tu ne m'as pas raconté ce qui s'est passé de plus dans ton rêve hier?

Rien d'important. C'est juste que cette fois-ci, je me sentais vraiment attirée vers l'arbre. C'est comme si je ne contrôlais pas mon corps.

Bizarre. Il va falloir démêler tout ça! Je vais commencer à chercher ce soir. Tommy va m'aider. On va se connecter ensemble sur l'ordi à dix-huit heures. Tu veux te joindre à nous? :-P

Non, ma connexion Internet est vraiment trop lente; c'est difficile de « chatter ». Je vais aller à la bibliothèque Raymond-Lévesque.

Quand?

En fin de semaine. Je vais demander à mon père de venir avec moi. Il adore lire! ;-)

Chanceuse! J'aimerais ça aller à la bibliothèque avec mon père, moi aussi. :-(

Alors que Zanya lit les derniers mots de la missive, la voix forte et grinçante de monsieur McFear se fait entendre.

— *GIRLS! What are you doing?*

— *Nothing, mister McFear. She needed my eraser, so I gave it to her!*

répond tout bonnement Samuelle.

— *Fine ! But Zanya, you will have to ask your parents to buy a new eraser, okay?*

— *Yes, mister McFear...* prononce timidement Zanya sur qui les yeux des autres élèves sont rivés.

La cloche du dîner résonne. Un objet percute la tête de Zanya. Elle se retourne, mais ne peut voir d'où il a été projeté. Déjà debout, les élèves ramassent leurs effets scolaires et sortent de la classe. En prenant son cahier, elle aperçoit un morceau de gomme à effacer sur sa chaise. Il y est écrit grossièrement à l'encre rouge : *Prends ça, Gribouille.* Zanya rage intérieurement. Ce coup pendable ne peut qu'être l'œuvre de

Justine St-Amour ou de l'une de ses fidèles. Elle jette le fragment dans la poubelle en soupirant. Trop occupée à déchirer tous les messages échangés entre son amie et elle, Samuelle n'a rien vu de la scène. Zanya préfère se taire sur ce qui vient de se produire, de peur que l'instinct de vengeance de son alliée ne la place encore dans une situation embarrassante. Alors qu'elles quittent le local, Sam lui demande :

— Vas-tu aller voir Tommy au match de basket après l'école ? L'équipe joue contre l'école Michel-Chartrand. On va gagner, c'est sûr !

— Je ne sais pas. Il ne m'a pas invitée.

— Tsss... Zanya ! Si je te le propose,

c'est parce qu'il m'a dit que tu pouvais venir, nounoune!

— Ah, ben oui, d'abord! Ça me tente.

— Parfait! Je lui dirai que tu seras là tantôt.

CHAPÍTRE 6
Le doute

— Je ne peux pas y aller, finalement, annonce Samuelle.

Zanya la fixe d'un regard étonné.

— J'avais oublié que c'est le mercredi où j'aide ma mamie à faire son épicerie. Elle doit justement m'attendre dans le stationnement.

Zanya fait la moue. Elle est persuadée que son amie n'a pas oublié. C'est un stratagème pour que Tommy et elle se retrouvent seuls, après le match. Voyant l'expression sur le visage de sa camarade, Samuelle insiste :

— Jure-moi que tu vas y aller !

— Je ne suis pas sûre...

— *Come on !*

— Bon... OK, promis.

— *Cool!* Mais grouille-toi, car ça commence dans cinq minutes ! À demain !

En saluant son amie qui se dirige vers la voiture de sa grand-mère, Zanya hésite. A-t-elle vraiment envie de se retrouver seule dans le gymnase, entourée d'autres filles, dont Justine St-Amour ? Des images de Tommy lui viennent à l'esprit. Il est tellement gentil avec elle. Que peut-il arriver de si terrible ?

Elle entre dans l'école et se dirige vers le sous-sol. L'endroit est bondé de jeunes. La chanson Gangnam Style de Psy lui fracasse les tympans. D'instinct, elle a un mouvement de recul. Justine et sa bande, complètement hystériques, occupent une place de choix : tout juste à côté de l'un des paniers. Zanya se fraie un chemin et s'assoit sur un banc près de l'entrée. La musique cesse et le sifflet vibre. Justine et sa meute se lèvent debout et s'époumonent : « L*et's go Tommy, let's go!!!* » Leurs efforts ridicules pour attirer l'attention du garçon sont toutefois payants. Ce dernier, qui porte le dossard no 21, se retourne et les salue d'un geste de la main. Elles s'agitent nerveusement en lançant des : « Oh! Il m'a regardée! Avez-vous vu? » C'est tout simplement pathétique et Zanya ne peut retenir son fou rire. Elle aurait tant aimé que Samuelle soit là pour partager ce moment avec elle.

Le match se déroule bien. Le score est serré, mais l'équipe Des-Primevères mène 27 à 22. Lorsque le ballon contourne de justesse l'anneau du panier adverse, la foule retient son souffle. L'effervescence est palpable. Zanya ne regrette pas d'être venue. Au contraire, elle a du plaisir. Lorsque Tommy compte un panier, elle se surprend elle-même à se lever d'un bond et à crier : « Wooouuuhooouuu ! » ce qui lui vaut les rires moqueurs de Justine et de son clan, qui l'imitent comme des demeurées. Cette fois, Zanya s'en fiche totalement. Tommy l'a remarquée. Il lui renvoie un large sourire suivi de son fameux clin d'œil. Zanya rougit instantanément. Ça aussi, les autres filles l'ont vu. Et d'après leurs yeux rageurs, ça ne leur plaît pas du tout. Justine s'approche d'elle, le regard foudroyant, et l'apostrophe.

— Comme ça, on est amie avec le beau Tommy, hein, Gribouille ?

Zanya reste de glace.

— C'est parce que je te parle, Zanya Duchaine !

— Oh, excuse-moi, je ne pensais pas que tu t'adressais à moi. Je croyais que tu voulais parler à une dénommée Gribouille.

— Ha, ha, ha. Très drôle.

— Je te remercie.

— C'est quoi ton problème, Zanya ? Penses-tu vraiment que Tommy est ton ami ? Écoute, je ne voulais pas te le dire tout de suite, mais là, comme j'ai pitié de toi, je ne veux pas que tu continues à te ridiculiser en pensant qu'il t'apprécie.

Le cœur de Zanya s'arrête net.

— De quoi tu parles ?

— Regarde, Zanya. On lui a demandé de se tenir avec toi pour te faire croire que tu lui plaisais. C'était juste pour rire. Mais là, je ne trouve plus ça drôle.

— Je ne te crois pas, Justine. Sam l'aurait su et elle m'en aurait parlé. Laisse-moi tranquille, s'il te plaît.

— Non, Samuelle ne le sait pas. C'était notre secret. Tommy nous a tout raconté sur toi.

— Qu... quoi ? Qu'est-ce qu'il vous a dit ?

— Ben... tout ! On sait tous tes petits

secrets débiles. Mais comme je t'ai dit, c'est assez, on va arrêter. C'est quand même triste que tu aies cru qu'une fille comme toi pouvait intéresser un gars aussi cool que lui. Maintenant, tu peux t'en aller. Bye !

Zanya fixe Justine qui retourne vers ses fidèles. Ses poings se serrent tandis qu'elle fronce les sourcils. Elle se sent soudainement toute petite parmi cette foule étouffante. De l'air. Elle a besoin d'air. Elle titube jusqu'à la sortie. À peine son manteau enfilé, elle pousse la porte. Le froid hivernal la saisit. Frustrée, et surtout impatiente de tout raconter à Samuelle, elle emprunte la passerelle la menant chez elle. Une vengeance est de mise. Tommy et Justine devront payer pour leurs manigances. Le soleil est bas dans le ciel, car il est près de dix-sept heures. Chacune des enjambées de Zanya fait craqueler la fine couche de glace qui recouvre la neige. Bientôt, la jeune fille arrive à l'intersection du grand boulevard. Un silence assourdissant plane. Alors qu'elle s'apprête à traverser la rue, un détail capte son attention. Un élément détonne dans le décor blanc et gelé du mois de mars : un papillon. L'insecte tourbillonne dans le vent, faisant miroiter ses ailes d'un bleu flamboyant. Zanya tend la main; aussitôt, le lépidoptère vient se poser sur un de ses doigts. Jamais elle n'a vu un papillon aussi beau que celui-ci. Comment un insecte peut-il survivre dans ce froid intense ? Plus elle examine ce dernier, plus elle se sent légère. Ses paupières se ferment lentement et une impression de déjà-vu la submerge. Le paysage se transforme peu à peu autour d'elle. Elle reconnaît la clairière de son rêve. Le grand chêne trône fièrement au milieu de la vaste étendue d'herbe. Il fait maintenant chaud et l'air est humide. Les lueurs bleues valsent autour de l'arbre. Zanya sent le parfum des campanules. Bercée par leur mélodie, elle oublie son sentiment d'humiliation. Le papillon est toujours là. « Suis le chemin, Zanya. Tu sais où nous trouver. Nous t'attendons. »

Elle s'approche des lumières bleues qui deviennent de plus en plus brillantes et blanches. Lorsqu'elles deviennent aveuglantes, elles lui brûlent les yeux. Ce ne sont plus des lumières dansantes, ce sont... des phares de voiture !

Les pneus crissent sur la chaussée

glacée. Une vive douleur se propage dans la jambe de Zanya. Propulsée sur le côté, l'adolescente atterrit durement sur le flanc droit. Elle gît par terre, la face collée contre l'asphalte gelée, en plein milieu du boulevard. Les phares de la voiture qui vient de la happer de plein fouet l'éclairent. Elle tente de bouger, mais chaque infime partie de son corps la fait souffrir. Un passant arrive en courant près elle.

— Je suis infirmier. Ne bouge surtout pas, ma grande! Je m'appelle Jean. Comment t'appelles-tu?

— Je... je m'ap... Za... Zanya. Duchaine.

— Zanya, tu restes avec nous. Ne ferme pas les yeux, écoute ma voix. J'ai appelé les secours; ils sont en route.

Traumatisée, la conductrice finit par sortir de la voiture. Elle a l'air hagard et le teint livide. Des larmes ruissellent le long de ses joues.

— Je... je ne l'ai pas vue... Je ne comprends pas... Elle est apparue subitement devant ma voiture... J'ai essayé de freiner... Je... je suis tellement désolée...

— C'est correct, madame, répond l'infirmier. Restez assise dans votre auto. Les policiers et l'ambulance arriveront bientôt.

Pour rester éveillée, Zanya fait des efforts surhumains. Son corps réagit à la douleur, et il est de plus en plus éprouvant pour l'adolescente de ne pas fermer ses paupières, devenues si lourdes. Dans une dernière tentative pénible, elle cherche à se mouvoir. La douleur est insupportable, et Zanya perd connaissance.

CHAPÍTRE 7
Le calme après la tempête

Tout se bouscule dans l'esprit de Zanya. Les événements des jours passés refont surface. La clairière, les campanules, le papillon, la voix mystérieuse, le match de basket, Justine, Tommy, l'accident... Elle ouvre les yeux et tressaille. Silence. Celui-ci n'est troublé que par un léger « bip... bip... bip... » Zanya tourne la tête et découvre le moniteur cardiaque sur lequel elle est branchée. Elle scrute les lieux. Un tube intraveineux perce sa peau. Au bout de celui-ci, un sac de liquide transparent se vide goutte par goutte. Son index gauche est recouvert d'un petit appareil gris qui le presse. Quelque chose serre soudainement son bras et elle sursaute. Le brassard du tensiomètre se gonfle, puis se dégonfle doucement après quelques secondes. Une infirmière entre dans la chambre sans lui prêter attention et se dirige tout droit vers le lit voisin.

— Bonjour, monsieur Tremblay. Ça va bien, ce matin?

— Oui, pas pire.

— Bien. Voilà vos médicaments et votre verre d'eau. Je vais changer votre pansement.

Un bruit de froissement attire l'attention de Zanya. Recroquevillée sur elle-même dans un fauteuil, Samuelle somnole, le visage tendu. Zanya la regarde tendrement et sourit. Sa fidèle alliée ne l'abandonnera donc jamais. Elle aurait fait la même chose pour elle.

— Pssst! Sam! Samuelle!

— Mmm... fait Samuelle en tentant péniblement d'ouvrir les yeux.

— Sam, c'est moi. Quel jour on est ?

— Hein... quoi ? Zanya ?! ZANYA !!! *OH MY GOD !!!* Zanya s'est réveillée !!! Quelqu'un, vite !!! Mon amie s'est réveillée !!!

Zanya écarquille les yeux et laisse échapper un faible rire. L'infirmière, qui est déjà dans la pièce, s'approche.

— Bonjour, Zanya ! Comment te sens-tu ?

— Bonjour. Bien... je me sens bien.

Zanya pince les lèvres. Elle plie légèrement les genoux. Ses jambes sont engourdies, mais elle ne ressent aucune douleur.

— Je m'appelle Hélène; je suis ton infirmière pour la journée. Te rappelles-tu ce qui s'est passé?

— Oui, j'ai eu un accident. Une voiture m'a frappée... je crois.

— Bien, c'est ça. Ensuite, tu as été dans un état comateux. Nous allons donc t'examiner pour nous assurer que tout est en ordre dans ton corps. Mais avant, je vais aller avertir le docteur Serge Lebel que tu es réveillée. Il va passer te voir. S'il y a quoi que ce soit, tu appuies sur le bouton ici. D'accord?

— Euh... oui... merci.

— On se voit plus tard. Tes parents

sont allés à la cafétéria. Ils ne devraient pas tarder.

Zanya est bouche bée. Elle fixe les rayures vertes sur les draps recouvrant ses jambes. Elle a eu un accident. Ça n'arrive pas seulement dans les films ou aux autres gens. Non. Ça lui est arrivé, à elle. En se remémorant les minutes précédant le choc, elle comprend qu'elle a eu une vision et qu'elle n'arrivait plus à se contrôler. Pourtant, elle ne dormait pas. Elle était parfaitement éveillée. Ses mains se mettent à trembler.

— Je n'en reviens pas ! dit Samuelle en lui serrant les mains.

— Moi non plus, je n'en reviens pas... souffle faiblement Zanya.

Elle tente de sourire.

— Tu n'as toujours pas répondu à ma question, enchaîne-t-elle. Quel jour on est ?

— Oh oui, excuse-moi ! Je suis juste trop contente ! On est dimanche.

— Ça veut dire que ça fait quatre jours que je suis dans le coma ?

— Non, Zan. Ça fait deux semaines et demie. On est dimanche, le 3 avril...

— Oh...

Le visage de Zanya pâlit. Elle avale de travers tandis que sa gorge se noue. Les yeux ronds, elle s'exclame :

— Tant que ça ? Ayoye !

— Mets-en, ayoye ! On a eu tellement peur pour toi !

Zanya entend des pas dans le corridor. Ses parents apparaissent dans l'embrasure de la porte. En apercevant les yeux verts de sa fille, son père échappe son gobelet de café. Il se penche par-dessus la ridelle du lit et enlace Zanya. Puis Marie caresse les longs cheveux dorés de son aînée. Ils restent ainsi tous les trois pendant un bon moment.

Peu de temps après, le médecin arrive dans la chambre. Il conclut que l'état de Zanya est stable et retire les appareils sur lesquels la jeune fille est branchée. Mis à part quelques hématomes et une plaie sur la cuisse gauche, elle est en pleine forme. Le personnel médical lui rappelle sans cesse à quel point elle a eu de la chance, car la force de l'impact a été puissante. Le médecin lui prescrit toutefois un électroencéphalogramme, afin de s'assurer qu'il n'y a aucun dommage au cerveau. Si tout va bien, Zanya devrait pouvoir retourner à la maison dans deux jours.

Le lendemain, Tommy et Samuelle lui rendent visite à l'hôpital après l'école. Ils lui remettent une carte géante sur laquelle il est écrit : *Prompt rétablissement Zanya*. Elle porte la main à sa bouche. Ce geste touchant l'émeut. Tous les élèves ont signé et certains ont écrit un petit mot. Même Justine a griffonné un message : *Soigne-toi bien xxx*.

— Justine m'a tout raconté, explique Tommy.

— Ah, ouais ? répond Zanya, hésitante.

— Oui, déclare Tommy. Elle se sentait un peu coupable de ton accident. Alors, elle m'a avoué qu'elle t'avait menti. Elle pensait s'attirer de la pitié de ma part, je suppose. Je trouve ça vraiment stupide ce qu'elle a fait !

— Les autres élèves sont du même avis, annonce Samuelle. Presque personne ne lui parle, maintenant. Tant pis pour elle !

Soulagée de constater que Tommy ne joue pas un jeu et que son amitié est réelle, Zanya ne peut s'empêcher de sourire.

— C'est bon de te voir sourire, dit Tommy. Tu sais, je me suis beaucoup inquiété pour toi. Je suis venu te voir souvent quand tu étais dans le coma.

Il laisse échapper un petit rire et passe la main dans ses cheveux, comme pour les ébouriffer. Zanya rougit et sent son cœur s'emballer. Samuelle, qui observe ses deux amis avec amusement, met fin à ce malaise en lançant :

— On doit y aller, Zan. Repose-toi bien si tu veux pouvoir revenir à l'école vendredi. On a hâte de te revoir !

Avant que Zanya obtienne l'autorisation de quitter l'hôpital, les policiers la rencontrent. Ils l'interrogent sur les éléments entourant l'accident, surtout sur les raisons pour lesquelles elle se trouvait au milieu de la route. Évidemment, Zanya ne leur divulgue aucune information concernant ses étranges visions. Elle leur mentionne plutôt qu'elle se souvient avoir eu un coup de fatigue alors qu'elle traversait le boulevard Gaétan-Boucher. Elle s'était donc arrêtée pour reprendre son souffle et n'avais pas entendu l'automobile s'approcher. Les policiers semblent satisfaits de cette version.

La dame de la voiture a d'ailleurs laissé une carte dans laquelle elle explique à quel point elle est désolée et bouleversée. Après l'avoir lue, Zanya demande à ses parents de lui apporter une feuille et un crayon. Elle mord le bout du stylo un instant puis se met à écrire :

Chère madame Langevin,

Je vous assure que je ne suis pas fâchée contre vous. C'était un accident et je sais que ce n'est pas votre faute. Je me suis sentie étourdie alors que je traversais le boulevard, c'est pour cette raison que je me suis arrêtée en plein milieu. Je suis désolée de vous avoir fait vivre cela. Je vais maintenant très bien et j'espère que vous aussi, vous irez mieux. Merci de m'avoir écrit.

Je vous souhaite une très belle journée,

Zanya Duchaine :-)

En récupérant ses effets personnels, elle s'aperçoit qu'un objet pointu et solide se trouve dans la poche de son jean. La crapaudine. Elle fronce les sourcils. « Qu'est-ce qu'elle fait là ? pense-t-elle. Je suis persuadée que je l'avais laissée à la maison. » L'esprit préoccupé, elle quitte l'hôpital.

Le vendredi, Zanya retourne enfin à l'école. Elle est accueillie par les applaudissements, les sourires et les

« yé! » joyeux des élèves. Décidément, cet incident a son lot d'avantages; les autres sont ravis du retour en classe de Zanya, et Justine St-Amour a désormais beaucoup moins d'influence sur ceux-ci.

Le soir même, en revenant à la maison, un frisson parcourt le dos de Zanya lorsqu'elle traverse l'intersection où le drame s'est produit. Le paysage est complètement différent. Il ne reste que quelques parcelles de neige et la pelouse jaunie est bien apparente sur les terrains. L'air est doux. Zanya le hume et en emplit ses poumons. Elle sourit et poursuit sa route en compagnie de sa fidèle amie. Alors qu'elles arrivent en face de la demeure de Samuelle, cette dernière déclare :

— OK, Zan. Je voulais que tu te rétablisses avant de t'en parler. Mais là, tu vas bien et je n'en peux plus. Tommy et moi, on ne croit pas un seul mot de ton histoire d'étourdissements. Pour vrai, qu'est-ce qui s'est passé ?

CHAPÍTRE 8
La révélatíon

Zanya a tout raconté à ses amis, sans omettre le moindre détail. Samuelle et Tommy ont d'abord paru perplexes. C'est la réaction à laquelle elle s'attendait. Ce n'est pas tous les jours que notre amie nous annonce qu'elle a des visions et qu'elle entend des voix dans sa tête! Puis ils ont été intrigués. Élucider ce mystère est devenu la priorité du trio. Zanya, Samuelle et Tommy se réunissent tous les soirs pour émettre leurs hypothèses devant une assiette de crudités, toujours aussi énorme. C'est leur rituel. Tommy a d'ailleurs poursuivi ses recherches durant l'hospitalisation de Zanya. Il en a découvert davantage sur la pierre. La crapaudine aurait des propriétés magiques, dont la faculté de guérir tous les maux.

— Ça ne se peut pas... affirme Zanya. Une pierre magique, on ne voit ça que dans les contes de fées !

Elle se mord les lèvres. Le doute s'installe en elle. Elle aimerait y croire.

— Justement ! Il y a des fées dans les contes de fées... dit Tommy à la blague.

Zanya sourit. Puis ses yeux s'agrandissent subitement.

— J'avais oublié de vous le dire, annonce-t-elle, mais j'ai trouvé la crapaudine dans la poche droite du jean que je portais le jour de l'accident.

— Tu es sérieuse ? s'étonne Tommy.

— Oui, oui. Je ne comprends pas comment elle s'est retrouvée là. Je ne me rappelle pas l'avoir mise dans ma poche.

— Mais oui, ça se peut que tu ne t'en souviennes pas ! dit-il.

Il ouvre un nouvel onglet sur sa tablette électronique. Après quelques doigtés rapides, il tend le dispositif en direction de Zanya. Sur l'écran tactile, un passage du texte d'un site Web est surligné en jaune. La jeune fille lit le texte à voix haute.

« Les gens qui trouvent une telle pierre doivent être très vigilants, car si la crapaudine ouvre une porte d'entrée sur le monde des êtres féeriques, elle a aussi la capacité d'envoûter celui qui la possède. »

— Un instant! s'écrie Samuelle. Récapitulons. Tu as trouvé cette roche après avoir sauvé l'oiseau. Ensuite, tu as commencé à faire ce rêve étrange. C'est probablement à cause de la crapaudine, qui ouvre une passerelle sur le monde de Faërie. Ton rêve te montre comment y entrer, et la voix te répète de suivre le chemin. Et comme tu avais la pierre avec toi lorsque tu t'es fait frapper, elle t'a envoûtée. C'est pour ça que tu as eu une vision, même si tu étais réveillée. Tu as rapidement guéri à l'hôpital, à cause des pouvoirs magiques de la crapaudine.

— Bravo, Sherlock! lance Tommy d'un ton moqueur.

Samuelle le pousse d'une main.

— Hum... je vois, répond Zanya. Ça

veut dire que je pourrais entrer dans le monde des elfes et des fées?

— Si l'on se fie aux informations qu'on a trouvées, oui, acquiesce Tommy.

— Non, honnêtement, c'est n'importe quoi! proteste Zanya, comme pour se convaincre elle-même de l'impossibilité de la chose.

— Ouais, je suis d'accord avec Zan, déclare Tommy. Si ce monde existe réellement, comment se fait-il que personne ne soit au courant? Que personne n'y soit jamais allé? En plus, je vous l'ai dit, Internet, ce n'est pas très fiable comme source d'information...

— Wo, minute! rétorque Samuelle. OK, on n'a peut-être pas vraiment de preuves que le royaume de Faërie existe, mais Zan va aller à la bibliothèque cette semaine. Les livres, c'est mieux, non?

Tommy émet un petit rire et lève les yeux au ciel.

— Arrête, Tom! s'impatiente-t-elle. Comment tu expliques d'abord tout ce qui arrive à Zanya si cet univers n'existe pas?

Tommy jette un coup d'œil en direction de Zanya. Elle ronge l'ongle de son pouce droit. Il pince les lèvres et soupire, comme s'il se retenait de dire quelque chose qu'il regretterait.

— Je ne sais pas...

Ignorant volontairement son cousin, Samuelle se tourne vers son amie :

— Tu te rends compte, Zan ? On pourrait voir des elfes et des fées !

Zanya laisse tomber sa tête entre ses mains.

— Je trouve que ça va loin tout ça, réplique-t-elle. En plus, ça peut être dangereux. J'ai juste le goût de jeter ma crapaudine et d'en finir une fois pour toutes avec cette histoire.

— Non ! Ne fais pas ça ! laisse échapper Tommy. Même si je n'y crois pas totalement, je pense que ça vaut quand même la peine qu'on continue nos recherches.

— On s'entend que ça n'arrive pas à tout le monde d'avoir la chance d'entrer dans une autre dimension, poursuit Samuelle. On pourrait devenir un genre de héros : ceux qui auraient vu de vraies créatures féeriques pour la première fois !

Zanya et Tommy pouffent de rire. Leurs yeux se croisent. Elle rougit. Lui aussi.

— Ouais... mais on passerait pour des fous, c'est sûr ! commente Zanya.

— Peut-être pas, d'abord, dit Samuelle. Mais il faut quand même qu'on poursuive notre enquête sur Faërie. On décidera après si on laisse tomber ou non.

— Je suis d'accord, indique Tommy.

Samuelle regarde Zanya avec de grands yeux suppliants. Cette dernière pousse un long soupir.

— Bon... OK.

Les trois acolytes font un pacte avant de se quitter. Ils ont une semaine pour rassembler le plus d'informations possible. Le samedi suivant, ils se réuniront pour prendre leur décision.

Durant la semaine, Zanya se rend plusieurs fois à la bibliothèque en compagnie de son père, sous prétexte qu'elle cherche des données pour un projet scientifique sur les reptiles. Zanya en ressort toujours bredouille, ne trouvant que des romans fantastiques traitant de fées et de lutins, auxquels se joignent des dragons et des chevaliers. Elle emprunte à quelques reprises un livre sur le varan de Komodo ou sur le python royal, pour ne pas éveiller les soupçons au sujet de sa supposée recherche. Elle feuillette les ouvrages en compagnie de sa petite sœur Lily qui émet des « Oh ! » et des « Ah ! » lorsqu'elle aperçoit les photographies des bêtes en gros plan.

De leur côté, Tommy et Samuelle en apprennent davantage sur la symbolique du grand chêne. Cet arbre serait l'un des favoris êtres féeriques, car ils aiment danser en ronde autour de celui-ci. Les trois camarades en déduisent que les lueurs bleues du rêve de Zanya sont possiblement des fées ou des créatures de ce genre.

Le jour précédant leur ultime réunion, Zanya quitte l'école et décide de se rendre à la bibliothèque Raymond-Lévesque. L'endroit n'est qu'à quelques coins de rue.

— Bonjour, Zanya, lui dit la bibliothécaire.

Pour toute réponse, l'adolescente
sourit timidement. Puis elle se dirige
vers les rayons. Ses doigts effleurent les
ouvrages tandis que ses yeux lisent les
titres. Concentrée sur sa recherche, elle
sursaute lorsqu'elle sent quelque chose
la frôler. Elle se retourne d'un bond. Un
faisceau lumineux dans l'allée voisine
attire son attention. Lentement, Zanya
penche la tête de l'autre côté du présentoir.
Ses pupilles se contractent. Devant elle
se trouve une de ces fameuses lueurs
bleues. Le rayon tournoie autour d'une
rangée de livres. Zanya se cache derrière
l'étagère. Des sueurs froides couvrent son
dos. Une gamine qui passe devant elle la
dévisage avec un air hébété. Zanya se

sent complètement ridicule. Elle jette un autre regard dans l'allée. Plus rien.

En s'approchant des livres autour desquels la lueur dansait, les yeux de Zanya s'attardent sur un titre : *Voyage vers le monde de Faërie.* La jeune fille parcourt la table des matières. L'apparition des elfes, le royaume secret, les arbres enchantés, la ronde des fées, les odes féeriques, les cérémonies, les sortilèges... Bingo ! C'est avec un large sourire qu'elle se rend au comptoir de prêts, au grand étonnement de la bibliothécaire.

— Eh bien, Zanya, on dirait que tu as fait une belle trouvaille, dit-elle. N'est-ce pas ?

— Oui... j'ai enfin trouvé ce que je cherchais depuis longtemps !

Le soir venu, Zanya dévore le livre en entier. Quelques passages captent particulièrement son intérêt, dont une légende concernant les cercles féeriques :

Dans les clairières, particulièrement lors du printemps, on peut distinguer des cercles d'herbe plus foncée à certains endroits. Il s'agit de cercles enchantés dans lesquels les elfes et les fées attirent les mortels. La nuit, au clair de lune, ils se mettent à danser en rond en suivant le son des cloches des campanules. Les humains s'aventurant dans ces lieux basculent dans l'autre monde. Une seconde passée dans cette dimension équivaut à une minute dans la réalité. On raconte qu'un vieil homme perdu s'y est retrouvé par mégarde. Lorsqu'il a enfin réussi à sortir de cette ronde, plusieurs semaines plus tard, son corps s'est mis à vieillir subitement et il a rendu l'âme.

Zanya dépose le volume sur sa commode. Elle regarde l'heure : il est vingt-deux heures trente-huit. Le sommeil commence à la gagner. En éteignant sa lampe de chevet, elle se dit qu'elle doit absolument faire part de sa découverte à Tommy et à Samuelle le lendemain. Le monde des créatures mythiques n'est pas sans danger et elle a décidé de jeter sa crapaudine; dessiner ces étranges personnages la satisfaisait amplement. Ses deux amis se laisseraient probablement difficilement convaincre, mais elle y arriverait. Alors qu'elle se laisse aller dans les bras de Morphée, la clairière refait surface dans son esprit.

Le chêne, les campanules, les lumières dansant dans la nuit, la voix suave... Son rêve se poursuit à nouveau.

CHAPITRE 9
LA PASSERELLE

Samuelle arrive en trombe chez Zanya. Elle gravit les marches du perron et frappe à la porte. Marie lui ouvre; elle tient Lily dans ses bras. Elle est surprise de voir l'amie de sa fille si tôt, un samedi matin. Samuelle halète.

— Salut... Est-ce que... est-ce que Zanya est là?

— Oui, mais elle dort encore. Tu sais qu'il n'est que sept heures?

— Oui, mais euh... Je... Il faut que je lui parle.

— D'accord. Tu peux monter et tenter de la réveiller, si tu veux. Est-ce que ça va?

— Oui, oui. En fait, non, pas vraiment...

Ses yeux se remplissent de larmes et elle se blottit contre la mère de Zanya. Marie l'invite à s'asseoir à la table de la cuisine et lui offre un verre de jus d'orange. Samuelle raconte que ses parents viennent de lui annoncer qu'ils se séparent. Ils ne s'aiment plus. Même si elle s'en doutait, elle accuse le coup durement. Marie la console tout en lui mentionnant que c'est probablement mieux ainsi.

— Va voir Zanya, ajoute-t-elle. Elle saura te réconforter.

Samuelle grimpe les escaliers menant au deuxième étage. En arrivant dans la chambre, elle constate que son amie n'y est pas. Son couvre-lit gît par terre, près de son pyjama. Elle jette un coup d'œil vers la salle de bain. Pas de trace de

Zanya. Devrait-elle alerter Marie ? Elle se ravise. Zanya s'est peut-être enfuie parce qu'elle s'est disputée avec ses parents ?

Un livre ouvert traîne sur la table de chevet. Samuelle le prend et lit attentivement le chapitre sur les cercles féeriques. Zanya est-elle partie à la recherche de cercles de ce genre ? Pourquoi son amie ne les aurait-elle pas attendus, Tommy et elle ? Leur rencontre a lieu aujourd'hui, à treize heures. Et Zanya sait que ces anneaux d'herbe foncée sont dangereux. Les sourcils froncés, Samuelle pose le recueil sur la table. Elle aperçoit le coin d'une feuille qui dépasse sous les pages d'un calepin. Elle le soulève et découvre le portrait détaillé de son cousin. La ressemblance est frappante. Un sourire apparaît sur son visage. Elle a vu juste : tous les deux ont réellement des atomes crochus. Samuelle se réjouit à l'idée de pouvoir taquiner sa complice à ce sujet. Un autre dessin se trouve en dessous. Une grande clairière. Probablement celle du rêve de Zanya. La page est remplie d'annotations et de symboles incompréhensibles. Pourquoi a-t-elle écrit cela ? A-t-elle été envoûtée à nouveau ? En observant de plus près l'illustration, une sensation de déjà-vu imprègne l'adolescente. Elle connaît cet endroit. Son cœur palpite. Elle laisse échapper un « non... » alors qu'elle porte ses mains tremblantes devant sa bouche. Zanya court un grand danger.

Samuelle s'empare du dessin et arrache une des pages du livre. Tant pis, elle payera la bibliothèque pour les dommages. Elle emporte les papiers, dévale les escaliers et court vers la porte d'entrée en balbutiant à Marie qu'elle a oublié quelque chose d'important. À peine rentrée chez elle, Samuelle attrape le téléphone sans fil. Elle compose un numéro.

— Mmm... allô ?

— TOM ! Grouille-toi ! Zanya s'est enfuie. Rejoins-moi au boisé près de l'autoroute 116. Je m'y rends à l'instant. Pas le temps de t'expliquer.

La jeune fille raccroche, sort à l'extérieur et enfourche sa bicyclette. Ses pieds pédalent à toute vitesse. Lorsqu'elle arrive au bout du boulevard Gaétan-Boucher, elle peine à respirer tellement elle est essoufflée. La rue se termine à cet endroit. Les jambes de Samuelle redoublent d'efforts alors que celle-ci entre dans le sentier cahoteux menant au terrain boisé.

— Zanya! Où es-tu? Zanya! crie-t-elle.

Les branchages lui griffent les mollets. Son cœur bat à tout rompre. Elle entend la voix de son cousin au loin.

— Sam! Je suis là, attends-moi!

Tommy est assurément en meilleure forme physique qu'elle. Il l'a rejointe dans un temps record. Le moment est toutefois mal choisi pour les moqueries.

— Qu'est-ce qui se passe? demande-t-il, inquiet.

— Écoute, répond Samuelle, je suis allée chez Zanya tantôt, parce que mes parents se séparent.

— Quoi? Comment ça, tes parents se séparent?

— Ce n'est pas important. En fait, oui, c'est important, mais pas maintenant. Je suis entrée dans la chambre de Zanya et elle n'était pas là. J'ai trouvé ça sur sa table de chevet.

Samuelle sort de la poche de sa veste la page du livre qu'elle a dérobée. Tommy lit rapidement ce qui y est écrit. Ses yeux s'agrandissent. Samuelle lui tend alors l'illustration de la clairière qu'elle a trouvée dans la chambre de Zanya.

— Regarde, c'est ici que nous

133

sommes, dit-elle en pointant l'arbre remarquablement bien dessiné. C'est Zanya qui a fait ce dessin. En fait, c'est un plan.

Tommy lève la tête et aperçoit le grand chêne à quelques mètres de lui. Il n'en croit pas ses yeux. Des centaines de campanules violettes les entourent Samuelle et lui.

— Tu veux dire que tout ce temps-là, l'endroit du mystérieux rêve de Zanya, c'était ici?

— Exact! Et elle est venue sur place pour y trouver les cercles d'herbe foncée, c'est évident.

— Mais c'est écrit qu'une fois qu'on y est entré, on peut difficilement en sortir. D'autant plus que le temps s'accélère. Si une seconde dans le monde de Faërie équivaut à une minute dans notre monde, cela veut dire que...

Tommy fronce les sourcils et se concentre sur son raisonnement.

— Ça veut dire qu'une semaine, soit sept jours passés dans cet univers, équivaut à une année entière dans la réalité !

— Tu es pas mal fort en logique, le cousin ! Il faut absolument trouver Zanya. Elle doit avoir été ensorcelée ou quelque chose du genre... As-tu vu les symboles qu'elle a dessinés ?

— Je ne sais vraiment pas ce que ça veut dire. Écoute, Sam, c'est trop bizarre tout ça. Ça ne peut pas être vrai. Moi, je pense que Zanya...

Les deux alliés sont interrompus par le bruissement d'un arbuste tout près. À pas feutrés, ils s'en approchent; ils découvrent leur amie, accroupie dans l'herbe. Vêtue d'une veste rose, Zanya les observe d'un regard qui les fait frémir. Son capuchon couvre ses cheveux détachés et le bas de ses pantalons est sali par la boue. Ses pupilles sont complètement dilatées. Affichant un air épeurant, elle place lentement son index devant sa bouche.

— Chuttttt! chuchote-t-elle.

— Zanya... dit Tommy. On vient te chercher. Allez, on va te ramener à la maison.

Elle se met à rire.

— C'est clair qu'elle est somnambule,

déclare Samuelle.

— Non, non, non ! répond Zanya d'une voix flûtée.

Tommy la fixe d'un air attristé. Il se tourne vers sa cousine et baisse les yeux. Il prend une profonde inspiration pour trouver le courage de parler :

— Sam... Honnêtement, je ne pense pas que ça existe le monde de Faërie. Regarde-la. Depuis le début je m'en doute... Je crois que Zanya a peut-être une maladie mentale.

Samuelle plisse les yeux.

— Ben voyons, Tom ! Comment tu peux dire ça ? s'indigne-t-elle.

— Un collègue de mon père est

schizophrène et à ce qu'il me raconte, ça ressemble pas mal à ça. Les visions de Zanya, ses rêves, la voix qu'elle entend... Visiblement, il y a quelque chose qui cloche.

Samuelle regarde en direction de son amie. Son pouls s'accélère. « Ça ne se peut pas », pense-t-elle. Zanya se met à chantonner en riant.

— OK, ça va faire, Zan ! dit-elle, contrariée. Maintenant, tu viens avec nous !

Zanya se lève et avance vers eux. Elle leur fait signe de la suivre, puis elle reprend sa route.

— Euh... qu'est-ce qu'on fait ? demande Tommy.

Samuelle pousse un soupir exaspéré.

— Ben, on la suit! On n'a pas vraiment le choix... Il faut la ramener chez elle au plus vite.

Zanya marche pendant quelques minutes et s'arrête net, à quelques pas du chêne. Elle se trouve devant un anneau de végétation plus foncé, pareil à ceux illustrés dans le livre. Elle tend une main fermée vers ses acolytes. Ses doigts s'ouvrent tranquillement et dévoilent la crapaudine. La pierre s'illumine. Tommy est abasourdi. Il fixe sa cousine et laisse échapper :

— Euh... comment elle fait ça?

Incrédule, Samuelle ne répond pas. Zanya s'esclaffe d'un rire à glacer le sang. Les deux amis sentent la peur les gagner.

— Vous ne comprenez pas, annonce Zanya d'une voix anormalement grave. C'est vous qui allez me suivre!

Elle empoigne brusquement les deux jeunes par les bras et les entraîne au milieu du cercle. Le ciel s'assombrit, à un tel point qu'on jurerait qu'il fait nuit. Des centaines de lueurs bleues apparaissent sous les yeux terrifiés de Tommy et Samuelle. Une douce mélodie se fait alors entendre, comme le tintement de petites cloches. Sur les lèvres de Zanya se forme un large rictus. Elle ferme les yeux. Le vent tourbillonne et propulse Sam et son cousin dans les airs.

— TOMMY!!! s'égosille Samuelle, paniquée.

Puis c'est le silence total. Dans la

clairière, seul le chant des oiseaux est audible. Le soleil brille à nouveau. Il n'y a plus aucune trace des trois compagnons, mis à part les vélos abandonnés.

❦❦❦

Une secousse parcourt le corps de Zanya. Les paupières de celle-ci s'ouvrent. Nerveusement, la jeune fille regarde autour d'elle, mais elle ne reconnaît pas l'endroit. Un brouillard alourdit l'air chaud et humide. Des arbres immenses aux feuillages inconnus occupent le paysage. L'odeur prononcée des fleurs parvient jusqu'aux narines de Zanya. Confuse, cette dernière s'examine. Pourquoi ses vêtements sont-ils salis ? Comment est-elle parvenue jusqu'ici? Peu à peu, la mémoire lui revient. Quelques heures plus tôt, elle s'est levée de son lit, s'est habillée machinalement et s'est emparée de sa précieuse pierre. Se sentant guidée par cette dernière, elle a quitté sa maison en douce et a marché en direction du boisé pendant près d'une heure. Elle s'est ensuite assise près d'un arbuste et a attendu. Qu'a-t-elle attendu au juste? Elle se lève et cherche à s'orienter dans cette vaste forêt. Elle va d'un côté, puis de l'autre; elle cherche une issue. Quatre sentiers distincts l'entourent. Lequel choisir?

La voix résonne à nouveau dans son esprit. « Félicitations, Zanya. Tu as suivi le chemin et tu as réussi à nous rejoindre. Cependant, tu as amené deux autres mortels avec toi. Que ferons-nous d'eux? Nous y verrons plus tard. Nous t'attendons au sommet du mont Sailòn, au royaume d'Orölinf. Dépêche-toi. » Zanya tressaille. Avec effroi, elle comprend qu'elle est entrée dans le monde parallèle de Faërie et qu'elle y a entraîné Tommy et Samuelle. Où sont-ils? Elle s'en veut terriblement, mais ce n'est pas le moment de s'abandonner aux remords. Tous les trois sont prisonniers de cet univers. Il faut qu'elle trouve un moyen d'en sortir. Quel est ce mont dont la voix parle? Quelles créatures l'attendent là-haut? Peu importe, il faut qu'elle atteigne cet endroit. Zanya s'élance vers le sentier au sud. Elle doit à tout prix retrouver ses amis, car... le temps est désormais compté.

TABLE DES MATIÈRES

Mot de l'auteure

Zanya et moi nous ressemblons énormément. Elle est en quelque sorte le reflet de la jeune fille que j'étais à son âge; plutôt introvertie, passionnée par les arts, assez douée à l'école et surtout, très lunatique. Ayant moi-même grandi à Saint-Hubert, j'ai voulu faire quelques clins d'œil à ma ville natale dans l'histoire.

Du plus loin que je me souvienne, j'ai toujours été intéressée par les créatures surnaturelles et les mondes parallèles. À l'adolescence, je passais mes temps libres à dessiner des êtres féeriques de toutes sortes et à trouver des informations sur cet univers enchanté. En discutant avec mes élèves sur ce sujet, l'idée m'est venue d'écrire une série fantastique leur étant destinée. C'est ainsi que Faërie a vu le jour. Et en toute honnêteté, j'ai littéralement adoré écrire ces romans; cela m'a permis de replonger la tête la première dans ce monde étrange et fascinant qu'est celui du royaume des fées.

emerciements

Merci à Hélène, Serge, Stéphanie, Sarah-Ève, Lucette et Jean-Bernard.

Merci à Amy et Karen.

Merci à tous mes amis qui m'ont prêté leur œil critique.

Merci à mes élèves.

Merci à vous, chers lecteurs.

L'AUTEURE

Originaire de Saint-Hubert, Marie-Pier Meunier est une passionnée des arts et de la littérature. Cette jeune auteure se souvient parfaitement de son enfance bien remplie et haute en couleur, pendant laquelle elle aimait « jouer à la prof » avec ses sœurs. C'est pourquoi elle devint enseignante au primaire, le plus beau métier du monde selon elle !

Dès son entrée au primaire, Marie-Pier pouvait passer des heures à inventer des histoires, à les écrire et à les illustrer pour le plaisir de les raconter aux autres. À la suite du décès de son grand-père atteint de la maladie d'Alzheimer, elle décide d'écrire pour se libérer d'un poids. C'est ainsi que son premier roman jeunesse fut publié. Son goût de l'écriture ne fit ensuite que s'accentuer.

Comme ses élèves sont sa plus grande source d'inspiration, Marie-Pier résolut de plonger la tête la première dans leur univers. Elle découvrit alors que les jeunes s'intéressaient, tout comme elle, à la littérature fantastique. Faërie vit le jour, une série qu'elle adore écrire.

Achevé d'imprimer en mars 2014
Impression Design Grafik
Ville-Marie (Québec)
819-622-1313